AF390722

Le cours du temps,

lettres de l'écurie

Ricardo Serrano Deza

Ricardo Serrano Deza, *Le cours du temps, lettres de l'écurie*, Trois-Rivières, 2019. ISBN : 978-2-9817159-4-4.

Titres des récits : Une arche échouée au pré ; Roco dans tous ses états ; Peine perdue et un peu de foin ; Adèle sous le tilleul ; L'état de grâce ; L'enfer des chevaux ; Le prix du foin.

Principaux thèmes descripteurs : narrative, nouvelle, lettre, cheval, écurie, équitation, animaux, temps, vieillesse, Mauricie, Québec.

Dépôt légal - Bibliothèque et Archives nationales du Québec, 2019.
Dépôt légal - Bibliothèque et Archives Canada, 2019.

*À Joannie Authier,
inspiratrice de chevaux et de cavalières,
chercheuse de perfection.*

TABLE DES MATIÈRES

PRÉFACE
OU COMMENT LE COURS DE L'EAU DEVIENT LE COURS DU TEMPS

Très chère amie,

Séparé de vous par cet océan d'eau, d'icebergs de déchets et de temps perdu, je prends la liberté de donner aux presses une partie de notre correspondance, une partie bancale, car y ajouter vos lettres aurait été de l'imprudence. Certains de vos propos sont néanmoins évoqués dans les miens, ce qui permet de garder le fil et le ton de nos échanges.

Est-il prétentieux de considérer ces lettres comme suffisamment de taille pour mériter d'être lues avec le moindre intérêt par d'autres que vous-même ? Soyons honnêtes : ces lettres n'offrent qu'un regard de poste de vigie, peut-être aussi un peu d'esprit, mais certainement aucune doctrine. Je m'y limite à tenir mon journal avec ce que je vois. Si le lecteur cherchait un récit d'une autre trempe, la chute de retour de la bibliothèque lui sera utile ou, s'il a risqué l'achat de ce volume, l'échange consenti par le libraire montrera son bon aloi.

. . .

Aux Lettres *d'Alphonse Daudet, je n'ai pas pensé au début, mais maintenant que je ferme ce texte, je vois que la ressemblance des lieux – un moulin, une écurie – et le ton quelque peu commun font de Daudet mon maître redécouvert.*

Plus loin dans le temps et plus près dans l'esprit, je dois – nous devons, chère amie – la même reconnaissance aux correspondants illustres qui furent Élisabeth de Bohème et René Descartes entre 1643 et 1649, mais nos lettres s'accordent plus au gré de l'eau, au fil de la langue du temps qui passe. Ce qui veut dire qu'elles sont plus banales sans être conventionnelles, plus informelles sans tomber dans la négligence.

. . .

À l'occasion de la présentation à Cannes de son film Douleur et gloire, *Pedro Almodóvar a décrit sa façon d'aborder un scénario, même un comme celui-là, qui se présente sous un ton autobiographique : seule la situation de départ est réelle, mais la lecture des personnages et de leurs rapports qu'il fait par la suite relève déjà d'une perspective d'auteur, de la fiction.*

Je peux dire la même chose des nouvelles qui suivent : si l'observation minutieuse est la clé du départ, à partir de là, je laisse avancer par son propre poids un brouillon qui demande inlassablement des ajustements d'après sa propre logique interne. Devant l'instantanée du début du texte, je m'installe donc en tant que lecteur avide de vérité, mais ironiquement, pour réussir cette lecture – où les retours en arrière sont fréquents –, je dois ajuster des éléments présents ou en ajouter d'autres, manquants.

Ces textes présentent une autre caractéristique particulière : ils sont ouverts et fermés par de courts fragments en italique qui prennent la forme de lettres et ajoutent un cadre intermédiaire de lecture qui se situe dans le présent du narrateur et qui débouche à son tour sur l'histoire racontée comme telle.

L'italique est ainsi une réflexion extérieure qui met l'accent sur la connivence entre narrateur et lecteur anticipé. Dans l'histoire racontée, par contre, le lecteur est déjà à l'intérieur du tableau, plongé dans l'action.

Le lien entre chaque lettre en italique et son histoire enchâssée peut découler d'un certain parallèle entre la question évoquée dans la lettre et la trame de l'action dans l'histoire, mais la variabilité et la subtilité y sont de mise. L'impromptu aussi, car le cadre de la lettre peut se couper abruptement et ouvrir grande la porte au vent de l'histoire racontée.

Il est vrai que raconter consiste à dire la rivière qui passe et, à la fois, se jeter dans la rivière. Mais, dans un cas comme dans l'autre, le temps du récit est aussi irréversible que le temps de la nature : qu'on le conçoive comme fuite ou comme flèche, il n'a pas de retour en arrière.

. . .

Sur la langue des textes, ce n'est que rarement que j'ai osé sortir d'un style dépouillé et sobre, car c'est ce que me conseillait la prudence dans ma propre perspective – extérieure – par rapport à la langue française.

J'ai pris cependant deux sortes de risques en outrepassant mes bons principes. Le premier découle de l'écoute, c'est-à-dire, de l'observation de la langue réelle dans le milieu où se situe l'action des nouvelles, ce qui m'a permis de donner une texture à certains de mes personnages et même d'imprégner de ce ton le personnage narrateur.

Le deuxième risque relève du premier : écrivant en français tout en étant un observateur extérieur de cette langue, les unions inopinées d'images, les mélanges de niveaux de langue, les jeux de sons m'ont souvent attiré et, à l'occasion, j'ai succombé à la tentation. Que l'indulgence me soit accordée au moins pour cette témérité.

. . .

Je suis obligé d'obligation inexcusable envers mes premiers lecteurs et particulièrement envers France Carle, la toute première, qui est passée des nouvelles à l'écurie réelle, par incantation, en traversant du papier au présent. Pendant sa galopade de lecture, Alfredo Hermenegildo en a profité pour dénicher quelques attentats circonflexes. Rina Tilkin, armée de son crayon rouge, a assuré une lecture rigoureuse, intelligente, cordiale, qui nous a ramenés à l'heureuse collaboration partagée autrefois.

Ici l'eau passe, mais les instants restent ancrés par la nostalgie sur les bas-fonds de sable et d'argile du Saint-Maurice.

1   UNE ARCHE ÉCHOUÉE AU PRÉ

Le 18 avril 2019

Ma très chère amie,

Les humains, on le sait, vivent tant d'années en moyenne si l'on parle d'ici, un peu moins si on les place là-bas, mais cela ne veut rien dire pour un tel, car la Camarde – la mince qui porte une grande faux bien aiguisée – ne s'enfarge pas trop de statistiques. Et elle affectionne d'ailleurs cette basse terre de soufre et de forgerons pour y entraîner quiconque dans sa danse à claquettes, se découpant sur le crépuscule laiteux ou sur les entailles grises, plombées de ces rivières. Je vous parle des terres du Saint-Maurice.

Les chevaux, eux, ont le problème supplémentaire de vivre moins que les humains, et les chats et les chiens moins encore. Ce qui veut dire que la cohabitation dans l'arche de toutes ces espèces – pour ne parler que d'elles – n'a rien de symétrique, car une année qui alourdit la valise du voyageur humain en fait quatre sur la sacoche d'un cheval.

Surtout quand l'arche de la vie finit par s'échouer dans un recoin d'eau calme et qu'on se retrouve un bon matin la coque couchée sur une plaine de boue éclatante comme un miroir. Là, il faut retourner sur cette terre nouvelle, accrocher l'arche sur une grande roche – on ne sait jamais – et commencer par sortir la pelle de fossoyeur, car la mort a certainement fait son nettoyage pendant le déluge.

C'est ainsi que ça se passait au début du temps, mais depuis il a neigé pas mal sur la rivière jusqu'au jour où Monsieur de La Vérendrye rêva d'une mer impossible et partit la chercher vers le pays d'en haut, qui était, comme son nom l'indique, plus que loin. Et il a neigé encore dans le coin après que cette mer fut découverte, jusqu'à aujourd'hui, sur cette petite écurie dont la forme ressemble étrangement à l'arche de Noé.

. . .

Les chats d'ici préfèrent les chevaux aux humains, au moins la chatte Nimba, qui rend souvent visite à Roco l'alezan, l'approche prudemment – elle avance et recule jusqu'au moment où Roco commence à la flatter avec son nez velouté – et finit par entamer avec lui de longues conversations. Allez savoir le message qui passe entre les deux, mais il est clair que dans ces entretiens ils n'apprécient le moindrement ni les interruptions ni les troisièmes. Je dois tout au plus les regarder de loin.

. . .

Patache vient imperturbablement passer en revue les nouveaux arrivants. Patache est une épagneule bretonne obstinée à vocation de bergère (sans vaches ni moutons), poil noir frisé, petites pattes. Elle vit depuis toujours parmi les chevaux, leur odeur, leurs crottes, et ne raterait jamais une sortie de concours (elle s'assoit la première au camion aussitôt qu'elle voit les préparatifs de départ). Mais elle est néanmoins plus intéressée par les humains que par les chevaux, dont elle suit seulement quelques galopades, comme pour faire voir qu'elle est tout aussi capable.

. . .

Madeleine lève la tête et m'envoie la main du fond de l'allée, découpée à contre-jour sur la grande porte. Elle brosse longuement une jument blanche, Alba, et les gestes passent de l'une à l'autre, hiéroglyphes seulement décryptés vers l'intérieur, dessins invisibles, double méditation zen qui unit femme et jument. Quelques mots, à peine chuchotés, peuplent ce silence magique.

De l'extrême contraire, je les vois passer au manège, d'où m'arrivent bientôt les battements sourds et rythmiques du trot, qui s'estompent, reviennent encore. Je m'approche : Madeleine et Alba ne font qu'un corps, le regard de la femme tourné vers l'intérieur, l'équilibre d'Alba dans une nouvelle équation entre désir d'aller, écoute et divination. La terre répond d'un écho profond, l'avant-main d'Alba décrivant de grands cercles, comme pédalant sur une bicyclette imaginaire, l'arrière-main bien engagée, Madeleine étirant le mouvement vers le haut, jusqu'à l'envol.

. . .

— Bonjour, Sugus.

Il insiste pour qu'on l'appelle comme ça. Sugus passe tout concentré à côté de moi sans me saluer, et se dirige vers la sellerie.

— Vas-tu monter Yuca?

— Oui.

— C'est bien. Elle est très contente aujourd'hui.

— Comment le sais-tu?

— Ben, je le vois.

— Je ne le vois pas.

— Regarde. Si tu mets ta main sur elle, tu le sauras. Vois-tu?

— Ouais…

Sugus, 9 ans, blond, gestes dégingandés. Il y a deux ans son psychothérapeute lui a recommandé de faire de l'équitation. Il se débrouille à l'école, mais une barrière le sépare des autres : il habite la galaxie du syndrome d'Asperger, dans le spectre de l'autisme.

C'est ainsi que Sugus monte Yuca, une ponette pantouflarde et poilue avec qui il est en train de briser ses frontières, de comprendre (de deviner?) si elle a peur ou si elle a envie de faire ses crottins, que Sugus ramasse ensuite tout attentif, comme maintenant, en lui disant « Yuca caca, Yuca caca… ».

— Je vois que Yuca t'a fait un petit cadeau, eh, Sugus ? lui demande Fabi, qui vient de rentrer, mais sa blague ne passe pas.

— Non, c'est moi qui lui ai apporté un cadeau : regarde…

— Ah, un camion de pompiers ! Est-ce qu'elle l'aime ?

— Difficile à savoir !

Sugus a deux obsessions principales : les camions de pompiers et les vis. Fabi, pour sa part, a été enseignante au primaire et elle connaît la chanson.

— Lui as-tu apporté aussi une carotte ?

— Mmm, j'ai oublié.

— Tiens. Maintenant tu en as une.

. . .

La crue printanière a commencé. Le Saint-Maurice se gonfle depuis deux jours et les riverains suivent l'évolution d'heure en heure, pouce par pouce.

Entre pluies et vents, l'électricité manque souvent à l'écurie. J'enfile les bottes de caoutchouc pour aller chercher les chevaux aux paddocks : le ciel mouille encore à siaux couchés.

Le ponceau sur le ravin commence déjà à se faire gruger la gravelle comme il y a deux ans. Les voisins disent que la terre d'ici a toujours été animée par des vagues et des remous qui font dériver les maisons sur la plaine, mais, qu'une fois qu'elle est déboisée à blanc, elle peut s'engouffrer directement en enfer en laissant une trace de soufre jaunâtre.

. . .

Sugus a déployé son matériel : tout d'abord le camion de pompiers qu'il a apporté à Yuca, ensuite le cure-pied, l'étrille, les brosses, tous les outils de pansage bien parallèles et placés de gauche à droite dans l'ordre d'utilisation. La selle et son tapis suivent sur un support, et, juste à côté, la bride bien pliée.

Il y a deux semaines, il y avait un autre cheval à la place habituelle de Yuca et Sugus a été incapable de la brosser jusqu'au moment où il a pu être au bon endroit et étaler ses outils là où il le fallait selon ses critères.

Mais cette fois tout va pour le mieux et Sugus a le temps d'attacher sa bombe et de passer la bride à Yuca cinq minutes avant le début du cours. Gants, cravache. « On y va, Yuca ».

— Bon cours, lui dit Fabi, mais Sugus n'écoute plus, toute son attention consacrée à conduire Yuca vers le manège.

. . .

Le soir, le petit camion de pompiers reste devant le box de Yuca, qui n'a pas touché à son foin. Hier non plus, ni avant-hier : ses dents sont trop usées. Les cataractes ont réduit sa vision à un vague jeu d'ombres et de lumières. Une chance qu'elle entend moyennement, ce qui lui permet de composer son espace dans le manège, guidée, je crois, par l'écho des parois et la voix de Claire.

Personne ne s'est rendu compte de l'évolution lente et subtile, mais Yuca a 25 ans. Le lendemain Claire lui apporte des croquettes molles.

. . .

Un temps des sucres décousu tirait à sa fin quand l'état général de Yuca s'est détérioré brusquement. Un matin on l'a trouvée couchée et nous avons été incapables de la mettre sur ses pieds. Bientôt il a fallu prendre une décision.

Après son départ, Yuca nous a laissé un grand silence, lourd d'un côté, joyeux de l'autre, car sa figure massive est toujours pleine de grâce et de rires dans les ailes de la mémoire.

Il a fallu prendre une bonne respiration pour commencer à nettoyer son box. C'est en enlevant son nom de la porte qu'on a découvert le camion de pompiers que Sugus lui avait apporté. J'ai décidé de prendre une pelle et d'enterrer ensemble le nom et le petit camion dans une clairière au fond du terrain.

. . .

— Sugus, Yuca est partie.

— Où ça, partie ?

— Loin. Mais peut-être qu'elle sera capable de voir tes signaux si tu lui en envoies.

— Et le camion de pompiers que je lui avais apporté ?

— Elle est partie avec. Elle l'aimait beaucoup, mentis-je à moitié, convaincu néanmoins que je disais vrai.

— Vraiment ?

Mais Sugus se tenait les deux mains agrippées à la porte du box de Yuca et se balançait rigide. Puis il est parti en courant, suivi par sa mère, qui anticipait sa réaction depuis un moment.

. . .

Le soir, en mimant le hurlement des sirènes, Sugus a déployé tous ses camions de pompiers devant la porte du cabanon, chez lui, d'où une épaisse fumée a commencé à sortir. Sa mère, alertée par les voisins, a couru avec l'extincteur de la cuisine, éteint le feu qu'elle a trouvé sur le barbecue ouvert, pris Sugus dans ses bras, fondu en larmes…

— Pourquoi, Sugus, pourquoi? Te rends-tu compte de ce que tu as fait?

— Maman, je voulais juste que Yuca voie mes signaux de fumée au loin!

Voici la démarche développée par Sugus : après avoir placé stratégiquement tous ses camions de pompiers, il avait ouvert le barbecue, encore rangé pour l'hiver, froissé un tas de circulaires et allumé avec le briquet. À bien regarder, tout était logique… et l'encre des circulaires satinées lui avait donné un coup de pouce supplémentaire, car elle produit une fumée très dense. Yuca aurait-elle vu les signaux?

. . .

Les oies et les bernaches sont de retour. La lumière du jour s'allonge et le ciel d'un crépuscule plombé est sillonné par un foisonnement de lignes fléchées.

Je suis passé par le sentier de La Gabelle et la grande queue de la décharge rougissait sourde. En bas, d'un noir profond, les rapides étaient presque effacés par la crue.

Bientôt il faudra se remettre aux clôtures avant qu'elles ne soient toutes à terre, ou plutôt à l'eau. Les voisins m'ont dit « Attends qu'on soit rendus à terre ferme : ici les poteaux à la vénitienne ne tiennent pas longtemps ». Cap fin mai.

Mais les poteaux, la terre va les ronger pareil, et puis les chevaux vont l'aider en grugeant les traverses... On est décidément condamnés comme Sisyphe, non pas à monter une roche, mais à refaire éternellement les clôtures.

2   ROCO DANS TOUS SES ÉTATS

Le 27 avril 2019

Chère amie,

Il n'y a pas longtemps vous me parliez de la sensation de bonheur que vous avait laissé un rêve à votre réveil, tout en étant incapable de vous rappeler du moindre détail. C'était un pur sentiment heureux détaché de tout contenu !

De mon côté, j'ai vécu plus souvent le contraire : tout à coup je ressens une vague impression d'agacement, mais j'en ignore la cause. Peur ou anticipation d'un dérangement inconnu ? Mais sur quelle base pourrais-je le ressentir ? Non, il s'agit simplement d'une contrariété provisoirement oubliée dont je continue cependant à percevoir le sentiment qu'elle provoque en moi.

Ce qui veut dire en bref, ma chère amie, que nous avons de petits recoins cachés – surtout dans ce domaine des sentiments, des émotions et des passions – et que nous ne nous connaissons souvent qu'à moitié.

Or, je me demande sérieusement si les chevaux n'ont pas naturellement l'art d'étendre la transparence et de nous amener à voir l'origine de nos sentiments, à nous ouvrir une porte (ou nous placer devant un miroir) vers une meilleure compréhension des passions de l'âme.

« Monte à cheval et connais-toi toi-même », voici la version de la sentence socratique que je serais tenté de lancer, mais ce moyen de connaissance, hélas, n'est pas de tout repos : l'alezan Roco et moi-même y avons appris quelque chose sur ce qu'est une lutte acharnée.

. . .

— Non, Roco, si tu ne fais pas de belles oreilles, tu ne l'auras pas ta carotte… Bon, beaucoup mieux comme ça.

Fabi vient d'arriver à l'écurie et fait son premier tour de carottes, qui comprend sa jument et tous les voisins de celle-ci. Fabi répond ainsi à quelque chose qu'elle a observé dans le groupe des chevaux et qu'elle identifie comme un sens aigu de justice distributive.

— Même mes élèves de deuxième année n'avaient pas un sentiment de partage aussi ancré, oh non! Mais là, je ne sais pas ce que tu fais à ton cheval : il couche tellement ses oreilles qu'il ressemble à une vieille nonne courroucée.

— Ouais! Il joue encore l'intimidant de temps en temps.

— Une tête de mule, ce Roco.

— Plutôt une tête de bœuf!

— Comment ça, une 'tête de bœuf' ?

— C'est une longue histoire, mais je te la raconterai après le cours.

· · ·

Loin de se sentir fatiguée, après les cours de dressage, Fabi est plus excitée et elle parle plus qu'à l'habitude, c'est-à-dire, tout le temps. C'est de peine et de misère si je réussis à placer le début de l'histoire de Roco, devant les grandes respirations de Fabi qui menacent de m'interrompre à tout coup.

— Tu sais, Fabi, que la gentillesse n'a jamais été la marque de Roco, jusqu'au point où Claire avait dû le reléguer au fond de l'écurie, car il faisait peur aux enfants, aux parents et à tout le monde. Le brossage surtout pouvait devenir facilement une guerre sans quartier. Les morsures et les ruades n'étaient que feintes, d'accord, mais il valait mieux les éviter au cas où… Bref, comme cheval d'école il n'était pas exactement un modèle.

» Claire l'avait pris avec une option d'essai annuel d'un marchand de chevaux du Massachusetts qui faisait souvent affaire au Québec, mais elle avait déjà pensé à le retourner. À ce moment-là je montais Roco régulièrement (une chance qu'il était discipliné au travail) et je m'étais imposé le défi de trouver un terrain d'entente avec lui. J'ai décidé de l'acheter 'à mes risques et périls'.

— Le regrettes-tu maintenant?

— Oh, non. Mon intuition était la bonne, mais le chemin, beaucoup plus long que prévu.

— Le chemin pour le plier?

— Non, juste pour l'apprivoiser… comme le renard. Te souviens-tu? *Le petit prince* de Saint-Exupéry :

> — Je ne puis pas jouer avec toi, dit le renard. Je ne suis pas apprivoisé.
> — Ah! pardon, fit le petit prince.

— Tiens! Je te concède que ce 'déguisement' de renard va très bien avec la robe cuivrée de Roco et avec ses grandes oreilles… quand il les pointe. Mais si tu continues à me mettre dans les histoires des histoires, nous finirons par nous retrouver dans *Les mille et une nuits*.

— J'ajouterai seulement une histoire de plus, regarde. À l'occasion du contrat d'achat, j'ai connu le marchand de chevaux – Philonikos s'appelle-t-il, d'origine grecque –. Pour lui, les *Quarter Horses* comme Roco sont – en plus grand – les chevaux les plus semblables aux *Thessaliens* qu'il a connus dans sa jeunesse : fiers, obstinés, vigoureux… Il m'a raconté qu'il avait repris Roco d'un sale type qu'il n'avait pas aimé du tout, « ça arrive aussi dans ce métier », m'a-t-il dit. Ce sujet s'était entêté à enrôler Roco dans des concours de *Halter* (axés uniquement sur la musculation), qui cachent souvent de vraies tortures pour les chevaux. « Le pli rétif et torve de Roco vient de là, tu peux être sûr. Ce n'est pas dans sa nature », a-t-il ajouté. « Mais si tu y crois, tu peux récupérer sa force tranquille. Elle est toujours là, au fond de lui. As-tu bien remarqué la tache blanche qu'il a sur le front? C'est une tête de bœuf. Sais-tu ce que ça signifie ? Que ton cheval est un Bucéphale – 'Tête de bœuf' – comme le cheval d'Alexandre le Grand. »

— Waouh ! me coupe Fabi, incapable de continuer en silence. Décidément, il va falloir que tu partes avec lui à la conquête de l'Asie.

— Nous avons déjà les billets.

. . .

La tradition raconte que le différend avec Bucéphale avait été réglé de façon expéditive par le jeune Alexandre : il avait vu tout de suite que son côté ombrageux, le nez toujours pointant vers le haut, ne cachait que peur et ressentiment pour ce que les hommes lui avaient fait subir : enfermement et ténèbres. Il était même effarouché par son ombre !

Alors Alexandre l'a mis face au soleil et, en profitant de son aveuglement, il a sauté sur lui et l'a fait partir en trombe, tout droit, toujours vers la lumière, crinière éclatante au vent et une explosion de sable derrière eux. Tout le monde les a perdus de vue, et puis il y eu un cri retentissant et le nuage de poussière a recommencé à grandir de retour, beaucoup plus lentement cette fois : Bucéphale avait accepté Alexandre.

Roco a pris plus de temps à m'accepter et il ne l'a fait qu'à moitié, car il se garde toujours une réserve de méfiance… Qui sait, les chevaux se rendent aussi compte que certaines visites inopinées à l'écurie finissent en vente et en déménagement. C'est peut-être pour cela que Roco n'aime point les visites des inconnus ?

Mais reprenons l'histoire de Roco dès sa naissance, au printemps de 2005 au Minnesota, chez un petit éleveur du bassin du Mississippi d'où, encore tout jeune, il est envoyé dans le Wisconsin.

Seulement quelques mois après, à l'automne, il est embarqué avec d'autres chevaux dans une longue traversée en remorque qui n'arrête que de rares moments au bord du chemin : Madison, Chicago, Cleveland, Buffalo, Syracuse, Albany…, deux mille kilomètres en deux jours, une demi-balle de foin par cheval et quelques rares seaux d'eau à la hâte. Fin du trajet (pour le moment) : nord du Massachusetts, sur les rives du fleuve Connecticut.

Roco n'est toujours qu'un poulain grêle qui regarde le monde avec étonnement et sans méfiance, mais, en arrivant à la nouvelle ferme, il commence à comprendre qu'il faut se faire respecter, en commençant, par les autres poulains.

C'est le marchand Philonikos, spécialisé en *Quarter Horses*, qui l'amène jusqu'en Mauricie en 2010, mais cette fois Roco et les chevaux qui sont de la partie franchissent les 500 km de route avec calme et attention : protections pour les pattes, arrêts sur des prés à l'herbe bien touffue et même un peu de conversation, car Philonikos est un homme qui parle aux chevaux (et vice-versa).

Le point de chute se révèle plus problématique : la petite ferme familiale où il est laissé tombe peu après en faillite et les destinations éphémères se succèdent comme les coups des hommes et des autres chevaux, mais Roco en donne aussi. À son nouveau passage dans la région, Philonikos le place à contrecœur chez le maniaque de *Halter horse show* dont il me parlerait plus tard, mais deux mois après le téléphone du marchand crache :

— Reprends ton maudit cheval têtu. Il n'est même pas bon pour l'abattoir.

Quelques jours après, un Roco entre amoché et farouche arrivait à l'écurie de Claire.

. . .

Roco est devenu donc un cheval d'école mais il n'était pas fait pour cela. S'il était discipliné à la monte et s'il aimait apprendre, il se lassait autant des répétitions élémentaires que du changement des cavaliers. Claire s'est vite posé la question « Et si je l'essayais avec Madeleine et deux ou trois autres adultes, toujours les mêmes ? ».

Le lendemain, je me trouvais dans le box de Roco face à face avec lui, chacun surveillant les gestes de l'autre.

Outre quelques petites réticences, les opérations de lui mettre le licou, de l'emmener sur l'allée et de lui passer le cure-pied ont été relativement faciles, mais au début du brossage – même si j'allais très prudemment avec l'étrille – les oreilles de Roco se sont couchées et il m'a menacé ostensiblement en levant les pattes et en mordillant tous azimuts.

Une grosse ruade a retenti sur la paroi d'en face. Même si elle n'était destinée qu'à m'effrayer, j'ai voulu corriger Roco en tirant sec sur l'une des chaînes qui retenait son licou. Or, le licou s'est détaché, Roco, affolé, a fini par se libérer complètement et il est parti au fond de l'allée (une chance que la grande porte était fermée). Là, malgré toutes mes craintes, il a attendu immobile en pointant vers moi ses oreilles et ses yeux. Je me suis approché très doucement et j'ai pris son licou.

Mais la paix était loin d'être signée. Les jours qui ont suivi, j'ai essayé de surprendre Roco, de le conditionner, de répéter méticuleusement les mêmes mots et les mêmes gestes lors du brossage, de me fâcher tapageusement : rien n'y a fait.

Jusqu'au matin où Pat le vétérinaire est venu pour faire le tour de l'écurie avec ses vaccins et sa bruyante fraise de dentiste. Ce jour-là, Roco, qui avait entendu ma voix, m'attendait collé à la porte de son box. Il était terrorisé par l'ambiance inhabituelle de l'écurie, devenue clinique pour l'occasion, chaque cheval y passant à tour de rôle.

Roco a cherché instinctivement ma protection. Il m'a paru alors beaucoup plus jeune – avec l'air d'un orphelin désemparé – et il s'est collé à moi quand je l'ai conduit au vétérinaire pour ses vaccins et l'examen de ses dents.

Le lendemain, bien sûr, notre jeu de guerre a recommencé, mais un mur invisible était définitivement tombé : je savais que Roco était aussi le jeune cheval naïf et confiant, je l'avais vu. Dorénavant, il s'agissait de le faire revenir.

· · ·

Ça nous a pris encore beaucoup de temps pour nous découvrir et, même si parfois nous retournons à nos guerres, maintenant on se voit un peu l'un dans l'autre.

Au galop, même au pas, il est bien difficile de séparer ce qui est au cheval de ce qui appartient au cavalier. Ce 'reflet' est une imitation ou une adaptation mutuelle? Allez savoir, mais ce que j'ai pu constater c'est que Roco a adopté ma propre déviation de posture à droite, ce qui a changé son incurvation d'avant et ses petits blocages.

Et dans ce jeu de miroirs, il est très probable qu'un peu de lumière se déverse sur la propre connaissance et sur la propre acceptation, surtout de cette partie obscure de nous-mêmes où résident les désirs et les peurs, la haine... la déroute du temps perdu.

Oui, j'avoue que j'ai vécu. Ce vieil homme du miroir c'est bien moi.

3 PEINE PERDUE
   ET UN PEU DE FOIN

Le 15 mai 2019

Ma tendre amie,

Vous avez entièrement raison : l'éloignement étire les fils de la tendresse et les rend fades, presse le jus des caresses, transmute l'affection en opaque respect, peut-être en dédain.

Les lettres de la distance, elles ne peuvent, hélas, que retenir le torrent de la solitude et former un amas de débris du passé. Tout au plus, elles peuvent arriver à toucher les yeux ou le cœur, jamais la peau.

C'est vrai, mais elles contiennent aussi des brins de folie qui rapportent la présence des moments vécus, des hypothèses presque crédibles d'un futur impossible, l'illusion d'une simultanéité entre ce qu'on vit au loin, ce qu'on écrit dans ce présent du léger grincement de la plume et ce que vous lisez à la fenêtre de votre présent de distances.

. . .

— Dis donc, il n'a même pas bougé.

— Non, aujourd'hui ça fait une bonne secousse qu'il est couché, commente Adèle. Ta carotte, il la mangera quand ça lui tentera.

— Crois-tu qu'il a quelque chose?

— Quelque chose… oui : les vieux l'appelaient mélancolie, aujourd'hui elle est devenue l'ennui… ou la dépression, mais c'est du pareil au même.

Tout le monde lui parle au passage, caresse son nez entre les barres de son box, lui laisse un morceau de pomme ou de carotte, mais Chinook a perdu décidément son air moqueur d'antan. Et il a aussi besoin d'un bon coup de brosse, non pas pour chasser la bouette qui le tapisse jusqu'aux oreilles (tous les chevaux aiment se rouler quand ils sortent aux paddocks), plutôt pour vanner la poussière de solitude qui a envahi son foin.

Adèle le sort chaque jour à l'enclos avec son ami Roco et elle le gâte un peu, mais son caractère a changé et il devient marabout à l'occasion.

Au jeu, Chinook menait le bal et Roco le regardait faire un peu en retrait. Que ce soit une vieille balle dégonflée, un rideau de cabane ou un simple morceau de plastique, tout était bon à envoyer dans les airs et, allez hop! Mesdames et Messieurs, regardez-moi quelle belle pirouette! Ça c'était Chinook. Mais plus maintenant, les sorties au paddock sont mornes et anodines ces temps-ci.

— C'est que sa petite n'est plus petite, me dit Adèle. Elle court d'autres aventures à c't'heure.

. . .

Sa petite est Marine, mais elle était très grande déjà à l'époque, trop pour monter un poney. Et Chinook adonnait bien dans la situation car, de son côté, il fait juste quinze mains.

Ça veut dire que les parents de Marine lui ont acheté Chinook, jeune poulain, pour ses onze ans surdimensionnés. C'était en 2008, mais la bave argentée du Saint-Maurice a coulé depuis.

La fin de l'enfance et l'adolescence de Marine ont été marquées ainsi par l'odeur de l'écurie, son allègre bande de cavalières et, surtout, par ce quadrupède complaisant et intelligent. Chinook s'est même tiré d'affaire au soccer avec la grande balle apportée par Marine, qui avait dû assouplir les règles pour lui : Chinook avait le droit de toucher le ballon avec ses antérieurs et avec son nez plutôt que sa tête.

L'abri de joie de l'écurie a gardé Marine un peu au sec de la grêle de ses parents, dont les longs silences minaient le salon familial. Là au moins, Marine savait que son blagueur de Chinook l'attendait dans la chaleur du foin.

La séparation est arrivée peu après et la mère de Marine s'est retranchée, à propos de l'éducation de sa fille, sur ce qu'elle considérait des valeurs sûres, à commencer par le solfège et les cours de piano.

Par chance, la professeure de piano dénichée pour Marine avait une approche bien différente des ennuyeux exercices de gammes soufferts par la mère dans sa jeunesse et, avec du Mozart bien choisi, quelques morceaux de Chilly Gonzales et un extrait de *La valse d'Amélie* de Yann Tiersen, Marine a commencé à affectionner son clavier Yamaha et à charger sur son téléphone, à côté de Cœur de Pirate, quelques-uns de ces morceaux.

Chinook a fini par y goûter aussi, car Marine faisait jouer du Mozart pendant ses montes libres, où elle s'efforçait de mener le trot ou le galop à la cadence de la musique, ce qu'elle avait vu dans une vieille vidéo de Nuno Oliveira, le grand maître d'équitation. Chinook manquait d'oreille musicale, mais il s'efforçait de son mieux.

. . .

Le lent embâcle du secondaire au privé finit un bon jour par céder aux calendriers et les corridors des classes se sont lentement submergés dans la pâle nostalgie que suit le bal des finissants.

Les copains de Marine ont commencé à disperser leurs rêves dans la vie courante, pour un temps encore dans un va-et-vient d'études, de vacances et de petits *jobs*. Mais le coin était tourné et la question de l'emploi ou celle d'un long voyage – en cassant la tirelire de l'enfance – se pointait à l'horizon. Et il y avait aussi les amis de cœur : plusieurs copines de Marine en avaient un.

Marine n'a pas beaucoup changé pendant tous ces branlements : études, Chinook, piano et quelques triples mokas avec les amies les plus fidèles. Au collégial elle a été la seule à aller en sciences de la nature. Non, ce n'est pas vrai, son copain Maxime, un garçon doué pour les maths et nul pour la drague, y était aussi. Marine y aurait l'occasion de faire quelques travaux avec lui et d'apprécier son sens de l'humour, tantôt noir, tantôt candide à mourir.

— Pourquoi aller en biophysique et non pas à l'école vétérinaire? lui demanda Maxime au moment de l'admission à l'université. Avec ton bébé Chinook…

— N'exagère pas, Max. Pour Chinook, j'ai déjà tous les trucs de grand-mère. Mais regarde toi-même en maths! Penses-tu devenir prof au secondaire? Moi non plus je n'ai la moindre idée de ce que je vais faire.

— *Yes*, chef. On va devenir intergalactiques!

— Tu blagues! Mais sais-tu que ma guerre va un peu par là?

— Waouh! Raconte.

— J'étais petite, cinq ans, et on passait une année au Texas, où mon père s'était intégré dans un groupe de recherche à l'université. Les fins de semaine, guitares et feux de camp en plein désert, ils n'avaient rien perdu de la joie de vivre des hippies. Je me souviens surtout d'Odon, un grand moustachu sorti en direct des *Trois mousquetaires*.

Il travaillait en physique quantique, mais il connaissait toutes les histoires de toutes les constellations, et on en voyait pas mal dans la nuit du désert : le Taureau et le fil d'Ariane, l'Aigle de Zeus, le Cygne qui jouait de la lyre, l'Ourse maman qui avait perdu sa petite… Après je m'endormais au rythme de *Monday, Monday* ou de *California Dreamin'* de The Mamas & the Papas… Je veux retourner dans ce monde-là, *boy*.

— Ça sonne pas mal, *girl*.

— Hé ! Vous, les amoureux des algorithmes ! lança en arrivant une de leurs copines. Encore à bricoler des distributions statistiques ?

— Tu l'as en plein !

. . .

Les premières années de l'université ont laissé à Marine beaucoup de temps pour l'écurie, ce qui s'est traduit en rubans et en médailles aux concours d'été et, plus important encore, en une étroite symbiose avec Chinook : il suffisait d'un mot à peine chuchoté, d'un regard, d'une pensée, et Chinook suivait, devinait… et anticipait de son propre gré. Une fois, à Blainville, Marine était en train d'oublier un cercle, enfermée dans son cocon sous les nerfs de la compétition, mais Chinook l'a fait quand même. Marine avait-elle réagi au dernier moment ou était-ce Chinook qui savait par cœur la reprise ?

À l'entraînement, Chinook se permettait de temps en temps son côté blagueur et, quand Marine lui demandait un *appuyer* – le cheval affectionnait les mouvements latéraux –, il exagérait le déplacement avec un demi-tour de hanches et, après un petit reculer qui finissait sur place à la même cadence, il continuait en sens inverse. Marine, qui encourageait secrètement le jeu, faisait semblant de se fâcher :

— Chinook, ne fais surtout pas ces conneries dans les cours de Claire, Ok ? Elle va penser que nous sommes cinglés !

. . .

Mais la sorcière Temps, la plus impitoyable des vieilles rusées, ne faisait qu'attendre.

Corridor souterrain de l'UQTR, une journée de fin d'hiver juste avant midi :

— Hé ! Max ! Ça a marché ton truc à Montréal ?

— J'ai été pris, pouce en l'air et grand sourire de Maxime. Je commence à l'Institut d'Intelligence Artificielle en septembre. Tu ne peux pas imaginer,

Mar, c'est comme une équipe des *hackers* du cerveau !

— Allons fêter ça à La Chasse-Galerie. J'invite.

Le soleil sur la neige fait un gros flash au bout du souterrain.

— *Quesadillas* et triple moka.

— Même chose pour moi.

— Dis donc, et tes hippies de physiciens ? As-tu eu des nouvelles ? demande Maxime.

— Le moustachu ami de mon père m'a conseillé de postuler au doc accéléré à Bruxelles, où il travaille sur les structures dissipatives.

— Ça mange quoi en hiver ?

— Mmm… Ce sont des états déséquilibrés de la matière qui génèrent de nouvelles formes : tu appliques de la chaleur à l'eau, par exemple, et des cellules d'ébullition organisées apparaissent.

— Ouais ! L'amour doit fonctionner à peu près comme ça.

— Tu parles !

— Et Bruxelles, là… Qu'est-ce que tu vas faire avec Chinook ?

— C'est la question qu'il ne fallait pas poser.

— Mais c'est moi qui te la pose, Mar.

— Justement, Max, devant tes gros yeux de hibou, je ne peux pas me mentir.

. . .

Maintenant c'est Chinook qui attend en guettant derrière les barres de son box. Il sort jouer avec Roco mais il ne joue plus, quelqu'un lui dit un mot et il essaye d'en deviner le sens sans succès… Il mange, sans envie, un peu de foin en attendant.

Ça fait du temps que sa petite Marine est partie. Nonchalant, Chinook a perdu sa peine dans l'ennui et il n'arrive pas à la retrouver. Il attend seulement.

Je lui donne un coup de brosse de temps en temps et, quand j'ouvre la porte de son box, il regarde attentif comme pour décaler encore le miracle du retour de sa petite. Mais il est bien reconnaissant ensuite.

— Tu vois, Chinook, je brosse moins bien que ta Marine, mais en attendant…

. . .

Le retour des hirondelles contre la flèche du temps : le premier évoque la rondeur de l'année qui recommence sur elle-même ; la deuxième, l'inertie qui fuit en tangente, comme le caillou d'une fronde, pour ne plus jamais revenir.

Nos lettres ont plus de flèches que d'hirondelles : elles semblent retourner, mais en réalité elles partent seulement et, dans l'attente, nous ajoutons le désir qu'elles arrivent, qu'elles touchent.

Elles racontent ce maintenant de distance, qui est en même temps leur raison d'être et leur non-sens, car, au fond, ce qu'elles disent c'est le passé de notre présence perdue, les lignes jadis gravées à chaud sur nos corps, effacées aujourd'hui en poussière.

Arrivent-elles à dire cette poussière d'amour? Garde-t-il ce papier le sens glorieux du temps échoué?

4   ADÈLE SOUS LE TILLEUL

Le 19 juin 2019

Chère amie,

Un élément qui tient l'ensemble et en devient la clé : l'idée a toujours séduit, que ce soit pour expliquer la place de l'humain au centre du cosmos ou pour imager le lien des forces dans une cathédrale gothique. La 'clef de voûte' en est un exemple fondé, mais des légendes l'ont exagérée jusqu'à parler d'une seule et unique pierre qui tiendrait toute la fabrique et sans laquelle tout s'écroulerait.

En arrivant dans cette contrée, j'ai été curieux de découvrir les constructions en charpente. À l'écurie, j'ai inspecté les combles et je suis arrivé à la conclusion qu'ici la 'clef de voûte' – si l'on pouvait se permettre d'extrapoler le concept – serait la traverse qui empêche les poutres sous les versants de s'ouvrir. Elle ne pèse pas dans la verticale comme la pierre, elle tire plutôt à l'horizontale, mais sa fonction reste la même.

Dans les groupes humains, dans les troupeaux de chevaux, il semble aussi y avoir des individus dotés d'une force de cohésion particulière ou, à tout le moins, assumant une veille sur le groupe. La sécurité des chevaux en liberté repose grandement sur la jument dominante. À l'écurie, cette loi naturelle continue de s'appliquer, mais les humains s'insèrent alors dans le troupeau et les chevaux attribuent à chacun le statut qu'il gagne dans la hiérarchie. Il faut aussi se tailler une place dans le monde des chevaux !

. . .

En remontant le terrain de l'autre côté du ruisseau, à droite, il y a un tilleul dont l'ombre garde la fraîcheur de l'humidité. Des fois je m'y attarde.

— Tiens ! On prend le frais ? Félicien revient des champs de foin.

— Mais oui, ici le tilleul attrape le ruisseau au passage ! Prêt à récolter le premier foin ?

— Ça sera pour la Saint-Jean.

. . .

Ce fut avant : entre le 21 et le 22 Félicien avait fauché, et le 23 après-midi toute la troupe était là, les boissons fraîches dans la glacière, la machinerie huilée…

La troupe pour le foin n'est pas la même que d'habitude : d'un côté, il y a des gens en moins à cause des allergies respiratoires ; d'un autre côté, ça prend des gens à chaque endroit : au bottelage, au transport des wagons, aux convoyeurs de balles…

'L'esprit de rang' compte pour beaucoup dans la formation du groupe : c'est une façon profondément ancrée dans le coin pour répondre à toute corvée qui dépasse la capacité individuelle, qu'elle soit une inondation ou une récolte, à sens unique ou réciproque. Il suffit de décrocher le téléphone pour réunir les habitués. L'humour, lui, s'invite tout seul à la partie.

— Un autre voyage, les amis. Le camion de Claire se pointe à l'horizon.

Bientôt Madeleine et Justine, enfoncées jusqu'aux genoux, poussent les balles du wagon, que je dépose ensuite sur le convoyeur avec mon compère Donat.

— Hé ! On est devenus trop rapides. Pas plus de trois balles sur la montée !

. . .

Tous les chevaux ont mangé du foin nouveau à leur faim, mais le lendemain Roco et Aura, sa voisine de box, ont commencé à tousser, probablement à cause de la poussière de quelques balles défaites qu'il a fallu renvoyer du grenier.

À l'écurie, le retour du beau temps se conjugue avec les maladies saisonnières, les chaleurs des juments et les confrontations de hiérarchie. Les petites blessures prolifèrent, même entre amis, car en époque de changement les chevaux jouent plus dur.

Le transport en remorque et les concours représentent autant de sources supplémentaires d'anxiété, mais des fois c'est le contraire : les chevaux qui ont souvent participé aux concours s'ennuient et dépriment s'ils voient partir les autres. Alors on les amène faire du tourisme équestre – dans le sens littéral du terme – et ils tirent un plaisir fou seulement à vivre l'ambiance et à voir les drapeaux et les décorations des compétitions. Les chevaux ont vraiment le sens de la fête.

C'est de même quand le concours a lieu à l'écurie. Alors tout le monde participe d'une façon ou d'une autre et même Chinook sort un peu de son mutisme.

. . .

Ça faisait des mois qu'Adèle préparait le vieux Janus pour le concours et elle le pomponnait soigneusement, même aux entraînements, avec un nouveau tapis de selle rouge qui contrastait bien sur sa robe noire, en réservant un autre blanc pour le grand jour.

— Bon garçon, Janus. Donne la patte… Bien! et Adèle lui passait le cure-pied sous les sabots et le brossait jusqu'à l'éclat.

Dans leur échelle hiérarchique, tous les chevaux de l'écurie donneraient volontiers à Adèle la place de la jument dominante. C'était elle aussi qui soignait le plus souvent leurs bobos, elle qui apportait le foin et la moulée dans les box…

— Viens, coco, disait-elle sans hausser le moindrement la voix et n'importe quel cheval se dépêchait en la regardant attentivement et en pointant ses oreilles. Janus le premier, car il se savait choisi.

Janus était un vieux grand cheval. Au travail, il allait volontiers, mais il fallait le réveiller un peu pour ramener son passé. À l'obstacle, il avait déjà sauté trois pieds et, maintenant, son envergure considérable lui facilitait la tâche dans la catégorie de deux pieds où Adèle était rendue.

Adèle et Janus formaient une équipe inégale, assez habituelle en équitation (et souvent aussi dans les couples d'humains) : un qui revient de loin, déjà en perte de vitesse ; l'autre qui remonte encore son envol.

— Quelle belle figure tous les deux, Adèle ! Quand j'ai monté Janus il y a deux semaines, il boitait un peu à gauche, mais maintenant il a une allure tout en souplesse.

— Tu parles ! Nous compensons avec mon déséquilibre habituel à droite, me dit Adèle avec un grand sourire.

— Chut ! On le dira à personne.

— Tu sais… Il me fait confiance, et nous travaillons fort, mais je connais nos limites, les siennes et les miennes.

— Mais il y met encore du cœur !

— Crois-tu qu'il y a un cheval qui aime aller à la retraite ?

. . .

Adèle, de son côté, a juste quarante ans, mais, en regardant à travers ses yeux clairs, on voit tout de suite que son temps lui a laissé un fond de lumière profonde, tranquille, qui ne s'est pas évaporé dans la course. Le temps va, mais Adèle le garde : ses amours, ses heures, l'essence des petites choses…

Elle est arrivée aux chevaux assez tard, au fil du va-et-vient de la vie, et à l'écurie elle a fini par combiner travail, plaisir et presque une deuxième famille pour s'en occuper.

Philémon, son chum, vient souvent la voir s'entraîner avec Janus. Il amène la chienne et tous les deux s'assoient sur les gradins et regardent Adèle avec béatitude dans la lumière ardente de l'après-midi.

. . .

La veille du concours, quand on a vu la soupe qui cuisait dans le ciel, on a eu la certitude de trouver le lendemain une belle nappe d'eau sur les manèges extérieurs, surtout le plus bas, où le rectangle de dressage avait été disposé. Ceci signifiait un risque de glisser et une insécurité pour les chevaux, qui n'y étaient pas habitués. Décidément, il faudrait faire le réchauffement en pleine flaque d'eau pour ne pas les prendre au dépourvu.

. . .

D'abord aux obstacles, Adèle et Janus sont partis en puissance. Ça s'est assez bien passé, mais, au deuxième parcours, Janus a mal calculé l'approche d'un obstacle, renversé un des caissons de la base et mis le pied dedans : panique du cheval traînant le caisson et cœur serré de la cavalière en pensant aux tendons. Mais Janus a vite compris, il a sorti sa patte d'un geste élégant et – une fois l'obstacle remis ainsi que la patte vérifiée – ils ont eu droit de compléter le parcours, au moins pour la forme.

Adèle m'a dit seulement à la fin :

— Il n'est pas blessé, regarde ! Il est intelligent ce cheval !

Mais il fallait quand même s'enlever l'épine, et c'est ça qu'ils ont fait à l'épreuve de dressage : deux reprises simplement parfaites, où Janus marchait sûr de lui-même, sans se préoccuper de savoir si c'était de la terre ou de la mare, en écoutant tranquille les indications minimalistes d'Adèle, juste des regards.

La seule critique des juges fut « incurvation insuffisante », à un moment où Janus a cédé l'épaule intérieure quand il était sur sa main la plus faible.

. . .

Mais la fête n'était pas finie. Adèle dut brosser Janus à la hâte et le ramener dans son box, car elle était chargée du kiosque des *hotdogs* qui avait été installé justement sous le tilleul.

À la fin du concours, le soleil commençait à décliner et les derniers groupes se retiraient en commentant les faits de la journée. Adèle ramassait aussi son kiosque, sur lequel les feuilles du tilleul faisaient danser les rayons du soleil. Elle était bien dans son sourire de lumière.

— Veux-tu mon dernier *hotdog*? me demanda Adèle quand j'arrivais près du tilleul.

J'ai été tenté de dire oui.

. . .

Il y a des villes qui cherchent à attirer des bateaux de touristes en gougounes, *mais ces mêmes villes repoussent les embarcations de fortune chargées d'exclus de la vie, sans appartenance, ni passeport, ni 'clef de voûte' pour les soutenir.*

Devant le piètre état de l'hospitalité humaine, Zeus lui-même décida d'y voir – raconte Ovide au livre VIII des Métamorphoses *– et il descendit de l'Olympe accompagné d'Hermès, tous deux déguisés en 'sans papiers'. Pas une seule porte ne leur fut ouverte. Enfin une : un vieux couple les accueillit dans sa pauvre cabane avec tout ce qu'ils avaient de mieux. Les dieux les remercièrent en leur accordant le vœu qu'ils avaient choisi : être emportés ensemble au moment de la mort.*

Mais la race des chauvins aime penser que ses droits sont exclusifs et proviennent de la terre, de la nuit des temps. Ils préfèrent ignorer que leurs arrières grands-pères étaient des métèques, arrivés une main devant et une autre derrière.

J'ai eu la chance d'apporter avec moi quelques livres qui m'ont permis de traverser avec un peu d'humour la déroute, ballotté par la vie comme Ulysse, chevauchant avec Don Quichotte vers un horizon de chimère. J'ai tout laissé derrière, même vous, mon amie.

Ici il m'a fallu tout recommencer, les menues bonnes choses comme bonheur, la beauté comme seule morale, le sourire comme monnaie d'échange.

J'ignore si, le jour venu, le passeur Charon acceptera ce payement.

J'ignore si, le jour venu, le passeur Charon acceptera ce payement.

5   L'ÉTAT DE GRÂCE

Le 2 juillet 2019

Ma douce amie,

Vous le savez bien : les minutes et les secondes, avec leurs tic-tac mécaniques, sont des cadres vides d'une régularité anodine ; le contenu du temps, ce sont les moments, l'expérience vécue, que ce soit dans l'intensité ou dans l'ennui.

Mais une fois les moments passés, c'est la mémoire – cette déesse manipulatrice – qui les transmute d'abord en images, ensuite en mots. Et aucune de ces transformations n'est innocente, car des images on garde seulement celles qu'on affectionne ; quant aux mots, ils codifient les images en étiquettes, qui permettent ensuite d'évoquer l'intensité (de la dire, de la raconter) pour soi ou pour d'autres.

Les moments d'antan ne sont donc pas le récit d'aujourd'hui, mais un petit souffle ravive si facilement les vieilles braises qu'on croyait mortes ! Un mot, un papier venant de loin qui dit ce qu'il ne dit pas...

Des moments, il y a un peu de tout, de bons (ou 'états de grâce', comme l'amour naissant) et de moins bons (comme les chagrins). On se demande toujours comment traverser les moments les moins bons avec sagesse, mais celle-ci arrive la plupart du temps après coup, pour replacer les choses déjà dans le récit. Quant aux états de grâce, on aimerait savoir les provoquer, mais hélas, ils sont essentiellement gratuits et fortuits.

Prendre les moments au vol – surtout les bons, les états de grâce – exige une certaine pratique, premièrement parce qu'ils passent vite, ensuite parce qu'ils ne sont pas tous sublimes : il y en a de très simples – comme prendre une bonne tasse de café – et ce sont probablement les meilleurs, au moins pour apprendre à les lire, à les goûter, et s'entraîner ainsi à la bonne vie.

À cheval il n'y a pas non plus de recette pour convoquer la magie de l'état de grâce, mais sa probabilité peut être augmentée grâce au travail intelligent. Les petites choses simples en sont encore la clé : « Demander souvent, se contenter de peu, récompenser beaucoup ».

. . .

Madeleine prépare sa jument sur l'allée, où je viens de sortir Roco.

— Je ne rigole pas m'assure Madeleine en cachant de son mieux un sourire ironique, le brossage des chevaux c'est le plus proche que je connais des exercices spirituels d'autrefois : suivre le poil, répéter, laisser filer la pensée…

— Bah, tu dis ça parce qu'Alba est un amour. Mais Roco, au brossage, se sent encore obligé à l'occasion de mimer son vieux caractère. Il 'me permet' alors de le décrotter tout en laissant très clair que ça ne va pas avec lui. Les pattes c'est différent. Là, il collabore au cure-pied et aussi pour mettre les guêtres. Je n'ai jamais compris pourquoi.

— Mais après vous faites bonne équipe, répond Madeleine.

— Oui, parfois ça marche et nous devenons le 'centaure mythique', mais je me demande si ce n'est pas seulement dans ma tête que ça se passe.

— Non, mon ami, les mythes ne sont pas dans la tête. Ils habitent le ventre. Plus que des idées, ce sont des désirs, des peurs… des sentiments.

— Mais il faut quand même les connaître : Chiron le centaure, le Cyclope, Circé, les sirènes…

— Oui, mais s'ils n'habitent pas les entrailles, ce sont des bibelots de cheminée, pas des mythes. C'est la même différence qu'il y a entre la mécanique des fluides et l'amour…

— Touché ! Je me rends à ta comparaison. Mais les chevaux là-dedans… ?

— Ils sont plus dans l'amour que dans la mécanique, Oliveira *dixit*.

. . .

Mettre ensemble un cheval et un humain : en partant, leur point de contact est faible, car la colonne vertébrale du cheval n'est pas faite pour se courber comme un hamac sous le poids de l'humain ; et l'entrejambe de celui-ci ne peut pas tenir de force sans en payer le prix de quelques écorchures.

En mouvement, l'un s'élance, l'autre parasite son va-et-vient, ses rebonds, sa vague. Ils peuvent arriver à s'appuyer mutuellement, mais pour ça il faut apprendre un équilibre nouveau, observer beaucoup, établir un langage, se donner du temps…

Des fois l'état de grâce se produit, ces deux êtres mettent une trêve à leurs différences, ils se garnissent d'ailes et s'envolent comme le divin Pégase et l'humain Bellérophon. Or, cette comparaison n'est pas sans intention, car Bellérophon finit par tomber de haut en essayant d'arriver à l'Olympe, victime de son orgueil, une histoire parallèle à celle de Phaéthon, qui perdit la maîtrise des quatre chevaux du Soleil et tomba, tout en flammes, dans l'abîme.

. . .

Les chevaux redoutent les visites des inconnus, particulièrement les visites guidées par l'humain habituel, précédées d'un brossage intense et suivies d'une monte du visiteur, l'air prétendument connaisseur.

Non, si tu aimes ton box et tes copains d'écurie, méfie-toi de ces visites, car elles peuvent être suivies d'un voyage aller simple. Ceci arrive surtout quand les humains se regardent dans le miroir concave des réseaux sociaux ou celui des états de compte et y voient des signes d'un changement dû.

Voilà une autre différence essentielle entre les chevaux et les humains : les premiers mangent toujours le foin qu'ils ont devant ; les deuxièmes cherchent toujours quelque chose qu'ils n'ont pas et qu'ils doivent avoir absolument, comme des résolutions, de l'argent (la plupart du temps), du foin pour les chevaux…

Mais la fièvre des changements n'aboutit pas nécessairement à l'équilibre et l'humain se ramasse avec trop de foin, qui finit par pourrir ; ou alors il n'y a plus de cheval à brosser ou à qui confier ses peines. Il faut donc continuer avec les changements et avec les visites d'écurie.

C'est comme ça qu'Alba, la blanche jument que Madeleine avait en demi-pension, est partie un bon matin, heureusement quand Madeleine était au travail.

Notons au passage que, dans ces situations, les états de grâce ne comptent pour rien. C'est plutôt les états de compte qui font miroiter, dans le reflet d'un simple pot au lait, poulets, cochons et même une vache et son veau :

Perrette, sur sa tête ayant un pot au lait… …

(*Les fables de La Fontaine*, deuxième recueil, livre VII, 'La laitière et le pot au lait', Paris, 1678.)

Madeleine, de son côté, privée des exercices spirituels que lui procurait le brossage d'Alba, dut se résoudre à chercher un nouveau cheval à temps partiel.

. . .

Pour ne pas perdre la main… Chinook regardait justement Madeleine et il avait besoin d'un brossage, comme toujours.

— Viens, Chinook, on va faire la causette toi et moi. Donne-moi la patte.

Chinook n'avait pas beaucoup de conversation dernièrement, mais il savait remercier quand on s'occupait un peu de lui. À la fin du brossage, Adèle est venue le chercher pour l'amener au paddock.

— Madeleine t'a fait une belle toilette, eh Chinook? J'espère que tu ne reviendras pas plein de boue!

. . .

Pendant que le cours du temps faisait son œuvre, j'ai vu Madeleine cirer ses bottes, laver ses tapis de selle, faire causette avec les uns et les autres, regarder du coin de l'œil l'ancien box d'Alba… Attendait-elle un miracle? Je veux dire, avait-elle une raison d'attendre un miracle? Plus concrètement, l'avait-elle commandé? Je ne l'exclus pas, mais, si c'était le cas, le service de miracles est aussi déréglé que le climat.

Je sais bien que les questions que je me posais alors étaient en soi absurdes. Or, la suite des événements les justifie, car le miracle (au moins un petit) finit bel et bien par se produire, accompagné de son lot habituel de surprises.

. . .

En arrivant à l'écurie ce matin-là, la remorque des chevaux se trouvait ouverte près de la grande porte et la voiture de Madeleine était là comme par hasard.

À l'intérieur, dans l'ancien box d'Alba, un cheval piaffait inquiet, restant sur ses hanches. Il était noir, tellement noir que sa crinière donnait des éclats bleus.

— Regarde, il est noir, me dit Madeleine comme si je ne le voyais pas.

— Ça va faire changement… Comment s'appelle-t-il?

— Diable.

— Décidément, il fera l'affaire pour tes exercices spirituels ! Claire l'a pris pour l'école ?

Claire arrivait justement :

— Oui et non. Le propriétaire cherchait à le placer en pension parce qu'il doit partir quelque temps à l'étranger. Mais un Ibérique comme lui a besoin d'exercice et je l'ai pris pour l'école avec une option d'achat.

— Alors Mad pourra… commençai-je à avancer.

— Il y a un hic, avertit Claire : Diable est jeune et il est à peine débourré. Vous connaissez les règles…

Madeleine fit un signe affirmatif. Claire était inflexible concernant l'éducation des nouveaux chevaux, surtout les jeunes. L'impératif catégorique se lisait à peu près comme ceci : personne ne manipule Diable, ni ne lui donne à manger, ni ne nettoie son box jusqu'à nouvel ordre. Bref, Diable était sous la tutelle exclusive de Claire pour quelques semaines, mais après…

C'est ça que se disait Madeleine en ce moment.

. . .

Claire m'avait chargé d'aller à Terrebonne, histoire de trouver une selle de dressage à arçon ajustable pour Diable. Je revenais satisfait, j'avais déniché une Santa Cruz à bon prix qui devrait faire l'affaire.

L'après-midi, Madeleine m'a raconté la séance d'entraînement du matin :

— Il est vif, ce Diable, mais il a bien accepté notre présence au box.

— Et qu'est-ce que vous avez fait ?

— On l'a caressé partout.

— Alors c'est une éducation sentimentale si je comprends bien…

— Tiens, tu n'es pas loin ! Claire a décidé de reprendre le débourrage à partir du début. Diable a eu quelques réticences quand on a touché ses oreilles, mais il est vite rentré dans le jeu.

Quelques jours plus tard, Diable était amené au manège, muni de licou et de longe, pour le travail à pied. Madeleine avait alors la fonction de forcer son impulsion, mais elle n'a pas eu beaucoup d'occasions d'intervenir, car Diable avait vraiment le désir d'aller.

Les devoirs suivants ont été les cercles aux deux bouts du manège, la recherche de l'équilibre, les transitions entre pas, trot et galop. Et toujours beaucoup de caresses, surtout à l'occasion de présenter des éléments nouveaux, comme la sangle et puis la selle.

C'était le moment d'ajouter le poids humain, très doucement, d'abord juste un moment sur un côté.

Les premières fois que Claire le monta, Madeleine longeait pour que le cheval associe les nouvelles instructions d'impulsion. Ensuite, la communication passerait surtout à travers les jambes et le poids.

. . .

— Maintenant c'est ton tour, Mad, lui dit Claire un jour. Petit topo : si tu le sollicites sans arrêt, il va suivre mais il sera rigide. La vraie impulsion découle de la relaxation, surtout mentale. Plus que t'écouter, il doit savoir que tu es à son écoute. Aussitôt qu'il part en avant bien décidé, rends la main et ne fais plus rien. Le cheval doit se tenir de lui-même. Alors Mad, prête, pas prête…

Ce fut comme prendre un train en marche, Diable tout rondeur, ses postérieurs fortement engagés. Et tout de suite après, le tambour des sabots qui montait de la terre dans le silence. Madeleine comprit vite que le fort trot élastique de Diable n'avait pas de rapport avec l'extérieur (la bande de décor qui passait à côté) mais avec le 'dedans' et qu'il maintiendrait la même énergie même en piaffant sur place. Le réflexe de Madeleine fut de s'intégrer au mouvement, de l'absorber en souplesse, de suivre la danse dans son propre intérieur, les yeux presque fermés.

. . .

Ce matin un soleil de plomb tombe sur le sable sec et Madeleine décide de prendre les champs en bordant le bois au-delà des carrières. Après des semaines de travail, elle et Diable ont gagné un bon lot de confiance mutuelle.

Le grondement du tonnerre, à la hauteur du lac, n'inquiète pas beaucoup Madeleine même si Diable a dressé un moment les oreilles. Mais de grosses gouttes commencent à tomber et Madeleine se dit qu'il serait mieux de rentrer, car les cumulus se gonflent à vue d'œil et la lumière a viré au gris acéré.

Un éclair remplit la campagne d'une lumière électrique et Madeleine demande à Diable d'augmenter la cadence tout en longeant le bois. Le cheval est inquiet, il regarde craintif les arbres. Madeleine a l'impression qu'il ne l'écoute plus.

Le claquement du tonnerre retentit comme un fouet et Diable fait un violent écart vers les champs de foin. Madeleine réussit à se tenir de justesse et Diable s'élance au galop de toutes ses forces, toujours en s'éloignant du bois. Une seconde plus tard la foudre frappe un gros sapin à la lisière, juste devant l'endroit d'où Diable s'était écarté.

La course folle finie, ils s'arrêtent trempés par la pluie et regardent en arrière. L'arbre est complètement calciné et des branches brûlées sont tombées tout autour.

— Tu le savais. Eh, Diable ? Merci, tu nous as sauvés tous les deux.

Et Madeleine caresse longuement l'encolure de Diable tandis que le cheval renifle.

. . .

La machine du temps, ma chère amie, est d'une simplicité redoutable : elle n'a pas de bouton de mise en marche ou d'arrêt et elle a une seule fonction, marcher toujours vers l'avant.

Beaucoup d'horloges affichent la devise « Tempus fugit » et c'est vrai que le temps s'échappe toujours vers son point de fuite, loin quelque part au centre du tableau. Au moins le temps anodin des minutes, sans histoire.

Les acteurs, incapables de renverser la sourde inertie du temps, peuvent néanmoins faire fléchir celle-ci, y provoquer de petites inflexions, des anomalies : ce sont les histoires qu'on raconte après autour du feu, où il y a des états de grâce et des états d'enfer. Et de petites morales ambiguës qui n'enseignent rien à personne…

6   L'ENFER DES CHEVAUX

Le 24 juillet 2019

Chère amie,

Votre dernière lettre associait l'amour à la gloire et au paradis, et c'est très juste. Or, il suffit que l'œuvre du temps y ajoute le chagrin, la distance, l'ennui — je ne parlerai pas de la mort —, et vous aurez l'autre visage de l'amour : la solitude, partagée ou non, véritable enfer des amants une fois qu'ils ont connu le premier état, le paradis dont vous parliez.

Les morales de tradition chrétienne, pour leur part, considèrent la passion amoureuse très peu recommandable pour mériter le paradis : dans cette plénitude de la vie qu'est l'amour, elles ne voient que péché et vice, la voie royale pour aller en enfer.

Qu'on regarde donc les accidents de l'amour ou les jeux de mots des puritains, le moins que l'on puisse dire c'est que l'enfer est à un petit pas du paradis. Le plus souvent, les deux s'emmêlent dans nos vies et nos histoires pour peu qu'on ait connu l'attachement de l'amour.

. . .

— Te souviens-tu de notre réparation de clôture d'hier… commençait à me dire Adèle quand je rentrais.

— Quoi ? Elle n'a pas tenu ?

— Penses-tu, avec Roco et Chinook ? Ils se sont sauvés et sont allés brouter l'herbe partout.

— Ces deux-là ensemble… Quand je vais chercher Roco au paddock, il faut que j'amène aussi Chinook : impossible de les séparer !

— Une chance que Félicien est venu m'aider, parce qu'ils ne voulaient rien savoir de la moulée que j'avais sorti pour les attirer.

— C'est Roco qui a entraîné Chinook, j'en suis sûr. Il aime tellement les pissenlits !

. . .

Claire a convoqué une corvée générale pour mettre des piquets métalliques partout sur les clôtures. Les poteaux de bois pourrissent à vue d'œil comme si la terre les grugeait et, dans les carrières, ils sont maintenus en équilibre seulement par les portes ouvertes, appuyées par terre.

Mais avec les nouveaux piquets, très minces, ça va faire drôle de voir les traverses de bois dans l'air, car les piquets deviendront presque invisibles de loin.

À la base, il s'agit de laisser clair pour les chevaux que les clôtures ne sont pas des obstacles à sauter. Il faut bien distribuer les trois rangées de planches pour qu'elles deviennent dissuasives par le haut et par le bas. Et il faut du bois dur, bien sûr : le bois mou fondrait comme du chocolat sous les dents des chevaux. Donc, dix pieds de bonnes planches, un poteau. Et comme ça tout le tour des paddocks, tout le tour de l'horizon.

Mais j'avance trop vite. Non, il faut commencer par défaire les vestiges des quatre ou cinq étapes précédentes qui se sont enfoncées, pas toujours achevées, dans le passé. Car tout va au galop dans une écurie et chaque tâche urgente – elles le sont toutes – brûle toujours quelque chose à demi-faire, à demi faite, à demi amorcée. Ce qui veut dire que les excédents des matériaux traînent sur place jusqu'à ce qu'une autre couche s'ajoute.

La question, le plus souvent, c'est de savoir où diable sont les bonnes vis, les liens de chaîne de convoyeur ou les rouleaux à peinture qu'on a employés la dernière fois (à savoir quand c'était, pour commencer). Là, le vrai travail archéologique commence et ça peut mener loin, ajouter au passage de nouvelles tâches, remonter jusqu'aux origines dont personne ne se souvient, peut-être même jusqu'avant la découverte du langage entre les chevaux et les humains.

On trouve alors, à la place de ce qu'on cherche, toutes les choses qu'on n'a jamais trouvées auparavant : le jeu de clés hexagonales perdu depuis avril, le niveau à poteaux, le baril des vieux fers à cheval, la grosse barre à clous…

. . .

Le lundi suivant la corvée, les nouvelles traverses de bois clair semblent suspendues du ciel comme par magie.

À l'écurie il y a peu de monde. Fabi est venue pratiquer sa nouvelle solution miracle pour faire de beaux cercles au galop et non pas des ovoïdes biscornus :

— Claire m'a dit de regarder à un tiers… m'explique-t-elle.

— À un tiers de quoi ?

— À un tiers du cercle que je vais faire.

— Ah !

— Mettons que j'entame ici un cercle à main gauche, d'accord ? Là, je regarde à un tiers, et elle tourne la tête complètement à gauche.

— Mais ça n'est pas un tiers, c'est la moitié !

Simone, qui suit ses cours avec Fabi, vient d'arriver et elle nous regarde curieuse :

— Oui, Fabi. À la fin du cercle, c'est bien de regarder à angle droit sur le diamètre, comme tu fais. Mais pour commencer, c'est moins : soixante degrés, c'est ça qui fait exactement ton tiers.

Simone est parfaite comme copine de cours : toujours disposée à aider, toujours la bonne réponse du tac au tac pour les questions insidieuses de Claire entre deux exercices.

— Soixante degrés donc, réitère Fabi en nous regardant.

— Mais à l'intérieur du cercle, eh ? renchérit Simone.

— Ouais ! Je pense que je vais y aller…

. . .

Cette année Simone a pris quatre bonnes semaines de vacances, pour la première fois depuis longtemps, et elle vient à l'écurie tous les jours. Elle me commente l'étude de Rachele Malavasi que je lui ai passée, sur la communication des chevaux avec les humains :

— Je suis toujours un peu surprise par ces recherches : pour l'œil du citadin, elles représentent une découverte ; pour les 'gens à chevaux', par contre, c'est la découverte de la roue, l'évidence quotidienne. Est-ce que Roco ne t'a jamais dit où sont les carottes ou les pissenlits qu'il veut, comme dans la vidéo de l'étude ?

— Mais oui : un petit regard, un mouvement de la tête et son message passe cinq sur cinq, il le sait. Mais, si tu veux que je te dise, c'est la communication dans l'autre sens qui m'intrigue davantage : quand je lui réponds de vive voix, il me comprend aussi parfaitement. À sa façon, avec l'appui de mes gestes, d'accord, mais il comprend.

— Oui, c'est presque inquiétant. Et pour en rajouter, je te dirais qu'il comprend aussi ce que tu penses et tu ne dis pas.

— Waouh ! Tu parles d'un ange ou d'un démon ?

— Simplement d'un être fragile qui fonctionne comme nous. Regarde, je pense souvent à une scène que j'ai vue ici même il y a quelques années, avant ton arrivée. Mex, le cheval qu'avait Inès à l'époque, était très malade et elle avait décidé de le faire euthanasier. Le rendez-vous était pris et, entre-temps, elle le soignait et le gâtait comme tout, la pauvre, et elle pleurait.

» Ce jour-là, les parents d'Inès étaient là et elle donnait une douche à Mex et on ne savait plus sur son visage si c'étaient des éclaboussures d'eau ou des larmes.

» Mex les regardait tous les trois. Je t'assure qu'il comprenait ce qui se passait, qu'il acceptait son sort, qu'il les remerciait de s'occuper de lui avec tendresse... Tu vas me dire que j'ai ajouté mon paquet dans l'histoire, mais non, j'ai vu tout ça dans ses yeux, je le revois encore...

. . .

Nous sommes allés voir les cercles de Fabi pour nous changer les idées.

— Eh ! Regardez-moi pas ! nous dit-elle.

— Mais ils sont bien ronds, tes cercles! Par contre, il y a un gros nuage noir qui s'en vient dans notre direction.

— Oui, je préfère presque lui donner la douche à l'intérieur. Viens, Mina, on va aller à l'écurie.

De grosses gouttes ont commencé à tomber levant la poussière du sol et dégageant une odeur subtile d'ammoniac.

— Ça va faire du bien!

— Ce que ça va faire pour le moment c'est une bonne couche de bouette sur la selle neuve de Mina, renchérit Fabi. Et il va falloir l'astiquer dur.

La pluie était un délice après la journée suffocante qu'on avait eue, mais l'averse était costaude et nous avons couru nous mettre à l'abri. La chienne Patache sentait l'orage et elle s'est collée à moi.

Pendant un moment tout est devenu silencieux et sombre, sauf le vert flamboyant des arbres fouettés par la pluie.

. . .

En milieu de semaine les orages continuaient. Une connaissance de Claire a amené un cheval bai à l'air abattu.

— Ils l'ont acheté sur un coup de tête, me dit Claire, mais le cheval ne va pas, il n'est même pas agressif : il est complètement fermé sur lui-même.

— Qu'est-ce que tu vas faire avec lui ?

— Ce que tu as commencé à faire : l'observer.

— Mais il aurait besoin de quoi ?

— Besoin ? De confiance en lui-même et en les humains. La question c'est comment y arriver : par tâtonnements, car pourquoi est-il comme ça, on ne le saura jamais exactement.

Indy – c'est ainsi que le cheval s'appelle – est resté comme un meuble au fond du box vide où on l'a mis, à côté de la grande porte. Il ne mange pas. Il ne me regarde pas. Qu'est-ce qui se passe dans sa *boîte noire* ? Quel mauvais traitement a-t-il reçu pour décider de tout débrancher ainsi ?

Claire a cru utile de le sortir au paddock avec Chinook et Roco. Chinook essaye de l'entraîner dans ses voltiges, mais rien : à peine s'il remarque ses folies ni, non plus, l'air grave de Roco.

À midi l'orage s'en vient et je vais les chercher avec Adèle. Indy, que j'amène, se laisse faire apathique.

. . .

Le lendemain quelque chose se passe en arrivant à l'écurie : la chatte Nimba est dans le box d'Indy et tous les deux se regardent nez à nez comme hypnotisés. La scène dure plusieurs minutes et je ne fais pas le moindre mouvement. Indy finit par approcher son nez de la chatte très doucement. Nimba le chatouille de tout son petit corps.

Quand ce théâtre finit, j'abandonne ma place de spectateur et je caresse le dos de Nimba. Le cheval ne semble pas content de mon geste. Non seulement il veut garder son amie pour lui seul, mais il est en train de me le dire.

Le nœud de la *boîte noire* vient de se défaire.

. . .

Oublier l'enfer de la souffrance? Dans la mesure où c'est possible de le faire, cela peut devenir une solution pour rester en vie, pour ne pas sombrer dans la folie, mais c'est une solution provisoire. La mémoire, de toute façon, reprend tôt ou tard ses droits.

Car la mémoire est aussi l'ouverture de la parole et elle guérit de la souffrance, ce que ne font pas l'enfermement et le repli de l'oubli.

À cette hauteur de la vie, si je m'accoude à ma fenêtre, je vois des moments glorieux (certains que j'ai eu la chance de partager avec vous, chère amie), d'autres infernaux ou tout simplement ridicules ou, pire encore, anodins.

L'oubli – c'est-à-dire, la tentative d'oublier – n'est pas une option pour moi, car, si jamais je réussissais, je perdrais tout, peines et plaisirs, et je préfère la mémoire avec enfer au vide de l'oubli.

7   LE PRIX DU FOIN

Le 9 août 2019

Chère amie,

C'est comme le prix de l'argent : n'importe qui vous dira que c'est l'intérêt. Or, si vous remarquez bien, l'intérêt c'est aussi de l'argent et il est un peu étrange d'acheter une chose avec elle-même. Non, il y a là-dedans une supercherie qu'on ne voit pas même si elle est d'une simplicité enfantine. Le vrai prix que nous payons pour l'argent c'est la vie : que ce soit à tant de l'heure travaillée ou à tant le boisseau de foin livré, la monnaie d'échange c'est du temps humain, à l'occasion du sang humain.

Le fond de la supercherie dont je vous parle est le cycle de l'exploitation. Admettons que j'ai besoin de patates et que j'essaye d'en acquérir quelques kilos... en payant avec des patates. À première vue, ça a l'air absurde, comme je vous le disais, mais je peux très bien engager une partie de ma récolte de l'année prochaine et payer ainsi avec mes patates futures.

Ce que je viens de faire à ce moment c'est tout simplement de différer mon déficit actuel de patates et aussi de l'aggraver de façon récursive, car on me demande à chaque fois quelques patates de plus pour 'payer' la confiance qu'on m'accorde. Je viens de tomber ainsi sous l'emprise des gens qui ont des patates.

Mais, en fait, pourquoi ces gens-là ont-ils autant de patates ?

. . .

— À cinq et demi : beau mélange de fléole et de luzerne avec une valeur nutritionnelle excellente et presque pas de poussière. Les chevaux se régalent.

Le vieil agriculteur a une terre à foin non loin de l'écurie. Il regarde Félicien les yeux plissés.

— À cinq et demi la balle ? C'est de la folie ! réagit Félicien.

— C'est le prix, jeune homme. Vous le savez comme moi : les terres fourragères se rétrécissent. On produit de moins en moins de foin et la demande reste élevée.

— Il faudrait devenir autosuffisant, n'est-ce pas?

— Ouais. Si jamais vous avez un excédent, je vous l'achète, garanti.

. . .

Les prés de foin derrière les carrières poussent et verdoient dans un éclat de lumière qui est un plaisir pour les yeux.

— Ça s'en vient bien, me dit Félicien, mais la deuxième coupe ne fait que la moitié du volume de la première. Il faut négocier un bon prix pour le reste. Le problème c'est que le marché s'enflamme et il n'est pas prêt de se calmer!

— Un bon prix c'est vite dit. Tu veux dire le moins mauvais possible, et ça sera de toute façon pas mal plus haut que l'année dernière.

— C'est certain.

— La question c'est si ça va durer… si ça va empirer.

— C'est mieux de ne pas deviner!

— Alors, il reste soit à refiler la facture au suivant (propriétaire de cheval ou élève) en espérant qu'il va suivre ; soit à en éponger une partie, et alors la marge de profit de l'écurie sera rapidement grugée. Même à court terme, la première option est la seule viable.

— Le pire c'est qu'on dépend de décisions lointaines qui nous dépassent. Imagine-toi que la Chine, qui vient de bloquer le canola et le porc canadiens, se met à acheter du foin en grosses quantités… ou même des terres fourragères : ça serait le vrai yo-yo, n'est-ce pas ?

— Si la situation se complique, tout simplement avec une flambée de prix continue, la seule chose qu'on peut faire c'est de réduire les coûts… réduire sans disparaître.

— Là, il y aurait un seul point non négociable, signale Félicien, et c'est la quantité de foin que mange chaque cheval. Mais, par contre, on peut vendre quelques chevaux…

— Sans disparaître… Et ça se compliquera dans ton petit cœur si tu regardes les chevaux dans les yeux. D'ailleurs, qu'est-ce que tu penses qui va arriver avec les prix des chevaux si tout le monde a la même réaction ?

. . .

Pour raconter des histoires cocasses, il n'y a personne comme Marguerite. Dans la quarantaine, blonde et bien tournée, elle habite avec son ami, son chien et ses chevaux à deux tirs de pierre de l'écurie. Son ami, Antoine, cultive un peu de foin pour nourrir leurs chevaux et il se joint souvent à Félicien pour les récoltes.

À la fin de cet après-midi-là, après avoir distribué le foin aux chevaux, un cercle s'est formé au centre de l'allée et Marguerite racontait une de ses histoires, mi-inventées, mi-vécues dans ses années folles, quand elle étudiait en sciences po à Montréal.

— Là, tous pleins de foin comme nous sommes, figurez-vous que j'ai eu un amant joaillier qui m'arrivait tous les soirs la chemise et le torse nappés de poudre d'or.

— Waouh ! bondit Fabi sans pouvoir se retenir. Comment ça ?

— C'est le tour qu'emploient les joailliers pour couper, râper et polir. Il envoie le métal sur la poitrine.

» Le truc c'est qu'il laissait de la poudre d'or partout, sur les serviettes, sur les draps… Et en voyant ça à répétition, j'ai eu l'idée de récupérer cet or-là. Au prix que ça vaut…

» Alors je lui ai dit "Écoute Luigi" – il s'appelait comme ça, il était italien –, "on va récupérer cette poudre d'or". Il m'a répondu que les tapis de l'atelier, qui sont là tout le temps, étaient déjà traités par une compagnie, mais pour une chemise d'une journée… "On va essayer quand même", lui dis-je.

» Et ainsi chaque soir je le déshabillais en rentrant à l'appart, mais là, bon Dieu, ça devenait trop excitant et c'est moi à la fin qui étais pleine d'or partout…

— Comme une déesse ! cria Fabi.

— Ouais ! Mais si vous voulez que je vous dise, compléta Marguerite, je préfère le foin que m'apporte maintenant mon Antoine partout dans la maison et jusqu'au lit. Le foin sent bon, on peut le croquer et, côté prix, l'or restera bientôt loin derrière !

. . .

C'est vendredi. La deuxième coupe s'est passée sans pépin et les andains de foin sont bien droits sur les prés pour sécher au soleil. Maintenant Félicien regarde les infos d'environnement chaque heure :

deux journées sans pluie c'est tout ce qu'il faut pour presser les balles.

— Oui, on va les avoir, les deux journées. La pluie ne s'en vient que lundi. Nous pourrons presser dès demain, au plus tard dimanche de bonne heure.

Il est décidé finalement de laisser le soleil faire son travail toute la matinée du samedi et de commencer le pressage au début de l'après-midi. On forme donc les équipes et Félicien lubrifie à fond la ramasseuse-presse.

Tout va bien jusqu'au début : un gros bruit sonne l'alarme, la traction du foin s'arrête et Félicien sort du tracteur, le visage froissé :

— Merde de putain de merde ! Et il court vers l'arrière de la machine.

— C'est le boulon de sécurité, suggère Antoine en voulant éloigner le pire.

— Mais non, merde, regarde : c'est l'axe de ramassage cassé. On est foutus !

— Nous avons le temps de réparer, Félicien.

— Sois pas con, Antoine. La grosse pluie s'en vient lundi à l'aube. Et après le foin ne sera plus bon à rien !

Félicien est d'un naturel charmant, mais c'est vrai qu'il a la tête un peu trop près du bonnet. Il s'excuse quand même vite auprès d'Antoine. Claire est arrivée et elle commence à faire des appels : un samedi après-midi, ça presse pour avoir la pièce cassée.

Après une heure et demie de téléphones et quelques photos envoyées, il paraît clair que ce n'est pas l'axe mais plutôt un taquet. Gros soupir de soulagement, mais le taquet il faut aller le chercher à Drummondville.

À cinq heures, la pièce est installée, Félicien et Antoine pleins de graisse jusqu'aux yeux et tout le monde prêt à recommencer le boulot. Quatorze heures avant la pluie, dimanche, les balles de foin étaient au grenier.

Décidément, qui ne connaît pas l'agriculture – même par extension, à partir des chevaux – ne sait rien des horaires, ni des rapports humains en temps de crise, ni même du travail de bureau, ces temps-ci transplanté au téléphone. Et je ne parle pas de la mécanique. Ensuite commence le vrai travail de l'agriculteur.

. . .

Confiné à un espace restreint, dépourvu de ses vieilles fonctions locomotives ou agricoles, le cheval garde néanmoins pour nos générations l'image mythique des westerns classiques de John Ford avec John Wayne.

Si la terre y était inhospitalière, désertique et violente, du moins elle était grande, d'un horizon sans barrières : exactement le contraire de ce monde de murs clos que nous habitons, où les humains autant que les chevaux ont besoin de visas, de certificats et de passeports. Certains permettent de traverser les murs, d'autres non.

Ça c'est sûrement le premier constat que font les chevaux d'aujourd'hui : la terre est découpée en morceaux et on ne peut pas toujours arriver à l'herbe qu'on veut brouter.

Ce constat, d'ailleurs, n'est pas très loin de celui des humains : la terre appartient toujours aux autres et l'hospitalité, hélas, n'est pas une marque de notre temps.

> ...
>
> contre les étrangers, tous plus ou moins barbares,
> ils sortent de leur trou pour mourir à la guerre
> les imbéciles heureux qui sont nés quelque part.
>
> ...
>
> (Georges Brassens, 'La ballade des gens qui sont nés quelque part', album *Fernande*, 1972.)

Même à l'heure de faire une simple randonnée, on trouve souvent une porte cadenassée, une clôture ou une indication de défense qui veut dire à peu près ceci : « Ça c'est mon foin ».

Durs ces temps, car il convient de rappeler que les chevaux sont des herbivores, et même certains humains se rapprochent de cette façon de vivre, d'apprendre à regarder la terre pour ce qu'elle est, la mère nourricière des vivants. D'apprendre à regarder longuement la rosée du matin et les souffles de la brume, dont le père Saint-Maurice ouvre grandes les vannes au déclin du jour.

ÉPILOGUE :
LA MUE ET LES LAINES

Chère amie,

Les pluies sont de retour. Ce matin j'ai perdu une botte de caoutchouc, bien enfoncée dans la boue, et j'ai dû retourner la pêcher à la pelle.

Les terres du Saint-Maurice – du sable et de l'argile – ont un comportement capricieux devant l'eau : tantôt imperméables pour contenir d'immenses flaques ; tantôt facilement transpercées, au contraire, par des pluies torrentielles qui ne laissent la moindre trace ; tantôt absorbantes pour former la boue qui avait dévoré ma botte, proche parent des sables mouvants; tantôt se laissant emporter par la furie du courant, car le Saint-Maurice a un appétit vorace pour tout ce qu'il trouve sur son chemin. Les glissements de ses berges vous le raconteront.

. . .

Je viens d'allumer le feu, non pas qu'il fasse vraiment frais, mais l'humidité devient plus opaque et la solitude plus sombre.

Faute de vos lettres, Madame, il me faudra me réfugier dans l'Odyssée et retrouver les nostalgies d'Ulysse quand il était sur l'île d'Ogygie, néanmoins accompagné par la nymphe Calypso aux belles boucles, éperdument amoureuse de lui.

Mais aujourd'hui la Méditerranée n'est plus celle qu'elle était : d'un côté, les bedaines au soleil entassées sur les plages; de l'autre, les naufragés sans papiers, entassés sur les rares bateaux humanitaires, eux-mêmes devenus pirates sans port d'attache, envoyant des SOS à la dérive.

Ici je reçois l'écho et je sens la frustration aggravée par la distance : voir la détresse et ne pouvoir rien faire.

. . .

« Je ne veux pas te voir comme ça, pauvre ami, en train de te dévorer toi-même de l'intérieur. » dit finalement Calypso à Ulysse. « Sers-toi de ces longs troncs et construis un radeau qui puisse te porter sur la brume des mers. Je t'apporterai du pain et du vin rouge et je ferai souffler pour toi une belle brise de poupe. Va, mon cœur t'accompagne. » Les immortels pleurent aussi, mais Ulysse ne le savait pas et Calypso, discrètement, se déroba à temps.

Ainsi continue le voyage, fuite ou retour, laissant toujours quelqu'un derrière, suivant un destin écrit par des dieux ivres, vers une terre qui s'appelle Loin, un navigateur qui se nomme Personne.

Est-ce l'histoire racontée par Homère, la mienne ou celle des naufragés sans papiers, sans patrie, sans port ?

. . .

Ce sont les premières annonces de l'automne qui apportent ces airs de mélancolie, une humeur dévastatrice ou douce, tout est question de mesure et de tolérance au silence, à la solitude.

Au fil de vos lettres, je me suis fait à ce silence de distance où le temps s'engouffre comme l'eau dans certains recoins du Saint-Maurice, jusqu'au plus profond de la terre.

La conscience se colle alors à la peau et on devient plus sensible au frisquet de la rosée – léger, piquant –, aux contacts des autres, aux absences... C'est à ce moment qu'on sort de l'armoire les laines sentant la naphtaline.

En même temps, les chevaux commencent leur mue : l'étrille fait voltiger les premiers jours à peine un duvet qui tombe en fine pluie, mais quelques jours plus tard elle sort bien tapissée de l'exercice.

Ce sont des signes non équivoques qui annoncent le solstice d'automne, comme les bleuets, qui se font rares déjà dans ce coin, comme l'allongement des ombres.

Quand les oies reprennent la route du sud, leurs arrêts printaniers dans les terres du Saint-Maurice sont couverts de céréales et elles choisiront d'autres lieux plus marécageux. Au passage cependant, le crépuscule se remplira bientôt de flèches blanches et de cris, pareil comme si les voisins avaient lâché les chiens à travers le ciel.

Trois-Rivières, 21 août 2019
[4-200512]

www.ingramcontent.com/pod-product-compliance
Lightning Source LLC
LaVergne TN
LVHW050916200726